U0585014

席慕蓉　著

作家出版社

时光九篇

出版前言

《时光九篇》是我的第三本诗集，初版于1987年1月。2006年1月，台北的圆神出版社以精装本印行至今。

现在，很高兴能与北京的作家出版社合作，同时出版从《七里香》到《我折叠着我的爱》共六本诗集。从诗中回望，时光，虽然依旧是立于不败之地，可是，我毕竟还可以用自己的笔写下了几首诗，留下了一些自己极为珍惜的片刻，在迢遥的长路上，得以缓慢地成长。

席慕蓉写于2009年盛夏

席慕蓉

祖籍内蒙古，出生在四川，童年在香港度过，成长在台湾。台湾师范大学艺术系毕业后，赴比利时深造。1966年以第一名的成绩毕业于布鲁塞尔皇家艺术学院。专攻油画，曾获比利时皇家金牌奖，布鲁塞尔市政府金牌奖，1968年欧洲美协两项铜牌奖及1987年台湾中兴文艺奖章新诗奖等。

曾在国内外举行十余次个人画展。出版有诗集、画册、散文集及选本等五十余种。曾任台湾新竹师范学院油画及素描专任教授。现为专业画家，并为内蒙古大学、南开大学、宁夏大学、南通工学院、呼伦贝尔学院、呼和浩特民族学院等六校的名誉（或客座）教授。亦是内蒙古博物院荣誉馆员及鄂温克族、鄂伦春族的荣誉公民。

诗作被译成多国文字，在蒙古国、美国及日本都已有单行本出版发行。

台北　*1985年*

第二本诗集出版之后，苏来先生用我的诗作曲，出
了一张专辑唱片。为了配合他的宣传，在台北一个
摄影工作室拍了这张相片……

目录

诗的成因

穿过种满了新茶与相思的
山径之后　我知道
前路将经由芒草萋萋的坡壁
直向峰顶　就像我知道
生命必须由丰美走向凋零

诗的成因

整个上午　我都用在
努力调整步伐好进入行列
（却并没有人察觉我的加入）

整个下午　我又要为
寻找原来的自己而走出人群
（也没有人在意我的背叛）

为了争得那些终必要丢弃的
我付出了
整整的一日啊　整整的一生

日落之后　我才开始
不断地回想
回想在所有溪流旁的
淡淡的阳光　和
淡淡的　花香

1983.11.28

003

生命的邀约

其实　也没有什么
好担心的
我答应你　雾散尽之后
我就启程

穿过种满了新茶与相思的
山径之后　我知道
前路将经由芒草萋萋的坡壁
直向峰顶　就像我知道
生命必须由丰美走向凋零

所以　如果我在这多雾的转角
稍稍迟疑　或者偶尔写些
有关爱恋的诗句
其实也没有什么好担心的

生命中有些邀约不容忘记
我已经答应了你　只等

只等这雾散尽

1983.11.16

蜕变的过程

我逐渐了解　生命里
有个不悔的主题
仿佛是一种强烈的个性才能引人
堕落　或者超升

我逐渐了解　那些
坚持与无望的等待　仿佛就是
你这一生所能给我的全部的爱

我的了解总是逐渐的　是那种
迟疑而又缓慢的领悟
（在多年之后才突然掩口惊呼：
"啊!原来……"）

当桎梏卸落
我终于只剩下一副透明的躯壳
含泪　在星空中悄然掠过

1985.12.30

006

真相

一切一切的起因
只缘于　我的贪婪
我向生命索求一种
无止境的
激情与狂欢

仿佛山泉喷涌　可以永不停歇
（仿佛水畔的传说　永不湮灭）

于是　很快就到了尽头
到了最后的最后

在极远极静的岸滩上
我终将是那
悔恨的

海洋

1985.7.8

无心的错失

经不住岁月　经不住
一次再次的检视与翻阅
最后　总是有
不得不收藏起来的时刻

生命里最不舍的那一页
藏得总是最深

也总是会有　重重叠叠
无心留下
却又无法消除的
折痕

1984.9.11

．长路

但是　已经有我的泪水
洒在山径上了
已经有我暗夜里的梦想
在森林中滋长

长路

像一颗随风吹送的种子
我想　我或许是迷了路了
这个世界　绝不是
那当初曾经允诺给我的蓝图

可是　已经有我的泪水
洒在山径上了　已经有
我暗夜里的梦想在森林中滋长

我的渴望和我的爱　在这里
像花朵般绽放过又隐没了

而在水边清香的阴影里
还留着我无邪的心

留着我所有的
迟疑惶惑　却无法再更改的

脚印

1984.11.13

最后的藉口

月圆的晚上
一切的错误都应该
被原谅　包括
重提与追悔
包括　写诗与流泪

把所有的字句
都托付给
一个恍惚的名字

把已经全然消失的时光
都拿出来细细丈量
反复排列　成行

一切都只因为
那会染　会洗　会润饰的
如水的月光

1983.9.2

流星雨

就像夏夜里　那些
年轻的星群
惊讶于彼此乍放的光芒
就以为　世界是从
这一刻才开始
然后会有长长的相聚

于是微笑地互相凝视
而在那时候
我们并不知道
我们真的谁也不知道啊
年轻的爱
原来只能像一场流星雨

1983.5.29

素描时光

在等待中　岁月顺流而来
君临一切

在开满了野花的河岸上
总会有人继续着我们的足迹
走我们没走完的路
写我们没写完的故事

甚至　互相呼唤着的
依旧是我们彼此曾经呼唤过的名字

1984.7

残缺的部分

假如　列蒂齐亚
假如你可以预见
秋深后
我们再相遇在空寂的林间

曾经那样丰润的青蓝与翠绿
都已转变成枯黄与赭红

那时候　你就会明白
一切我们爱过与恨过的
其实并没有什么不同

微笑如果是为了掩饰
落泪也一样无法挽回
假如　列蒂齐亚
我们真有一日可以再相逢

那时候　你就会明白

生命中所有残缺的部分
原是一本完整的自传里
不可或缺的　内容

1984.1.30

· 悬崖菊

所有的成人　最后
都不得不刺上文身

结绳纪事

有些心情，一如那远古的初民。

绳结一个又一个的好好系起
这样　就可以
独自在暗夜的洞穴里
反复触摸　回溯
那些对我曾经非常重要的线索

落日之前，才忽然发现
我与初民之间的相同
清晨时为你打上的那一个结
到了此刻　仍然
温柔地横梗在
因为生活而逐渐粗糙了的心中

1984.1.15

山樱

当春来
当芳香依序释放

走过山樱树下
有些遥远和禁锢着的
梦境　就会
重新来临

诸如那些
未曾说出的话语
未曾实现的许诺

在极浅极淡的颜色里
流动着　一种
无处可以放置的心情

1984.2.12

雨夜

在这样冷的下着雨的晚上
在这样暗的长街的转角

总有人迎面撑着一把
黑色的旧伞　匆匆走过
雨水把他的背影洗得泛白

恍如岁月　斜织成
一页又一页灰濛的诗句
总觉得你还在什么地方静静等待着我
在每一条泥泞长街的转角
我不得不逐渐放慢了脚步

回顾　向雨丝的深处

1982.9.22

难题

我的难题是　在一生里
如何保有一种
如水又如酒的记忆

在多年后那些相似的夜晚里
如何能细细重述此刻的风
此刻的云　和此刻芳草丛中
溪涧奔流的声音
在向过往举杯的时候
如何能每次都微醺微醉
并且容许自己
在樽前　微微地落泪

困难真的不在这无缘的一世

我的难题是　挥别之后
如何能永远以一种
冰般冷静又火般热烈的心情

对你

1983.11

迷航

多年前的心事都已沉在海底
如触礁时就被慌张掷下的锚
请你切莫再来探寻　切莫
在千年之后
再来苦苦追问触礁的原因

所有的痕迹都已被湮灭
所有的线索也早已锈蚀
仍旧停留在最后一页的
只有那一本航海日志

年轻的我　在弃船之前
曾含泪写下
"今夜月华如练……"

1983.5.2

悬崖菊

如雪般白
似火般烈

蜿蜒伸展到最深最深的谷底

我那隐藏着的愿望啊
是秋日里最后一丛盛开的
悬崖菊

1984.8.19

成长的定义

如果　如果再遇见你
我还有什么可以给你了呢

一切都已在禁止之列
生命严格如阶梯
一层有一层的符号和标记
（纵然在夜里　如海潮般
涌来的都是牵扯的记忆）

所有的成人　最后
都不得不刺上文身

如果　如果再遇见你
我会羞惭地流泪
（也许是因为知道
你仍然会急着要原谅我）
为那荒芜了的岁月
为我的终于无法坚持

为所有终于枯萎了的蔷薇

1984.6.22

. 雾起时

曾经珍惜护持的面具已
碎裂成泥
一切都只因为
我依旧深爱着你

雾起时

雾起时
我就在你的怀里

这林间充满了湿润的芳香
充满了　那不断要重现的
少年时光

雾散后却已是一生
山空
湖静

只剩下那
在千人万人之中
也绝不会错认的

背影

1983.9.8

苦果

在整整一生都无法捉摸的幸福里
是什么　在不断刺探
我那原来已成定局的命运
是什么　在不断呼唤
我那原来已经放弃了的追寻

是什么啊　透过那忽明忽暗的思绪
在日与夜的交界处埋伏　只等我失足
曾经珍惜护持的面具已碎裂成泥
一切都只因为　我依旧深爱着你

在整整一生都无法捉摸的幸福里
无论是怎样的诱饵　怎样的幻象
我都愿意相信　愿意
为你走向那满溢着泪水与忧伤的海洋

我的心在波涛之间游走
在等待与回顾之间游走
在天堂与地狱之间

无论是怎样的诱饵　怎样的幻象
因你而生的一切苦果　我都要亲尝

1984.12.31

海的疑问

我爱，让我好好地端详你，好能永远不忘记。

永远到底是什么呢
是夜色里闪着萤光的浪
还是那暖暖的海风
是我们脚下湿润的沙岸
还是你迎着风的
羞怯微笑的面容
（我爱，让我好好地端详
你，好能永远不忘记。）

永远到底是什么呢
是渴望了千年的那一吻
还是紧拥里的温存　而那
令人窒息战栗的幸福啊
是耳边汹涌起伏的波涛
一波一波地前来
将我们深深葬埋
（我爱，让我好好地端详
你，好能永远不忘记。）

我们可不可以不走
可不可以
让时光就此停留
可不可以化作野生的藤蔓
紧紧守住这无垠的沙岸
紧紧守住
这无星无月的一夜啊
这温柔婉转的一切
（我爱，让我好好地端详
你，好能永远不忘记。）

而永远到底是什么呢
在五十年后　什么是
永不分离
什么又是永远不忘记

在短短的五十年后　什么是
信誓旦旦啊
什么又是海枯石烂
在无星无月的夜晚里

终于　只能
留下一片无垠的沙岸

（我爱，让我好好地端详你……）

1983.5.13

馈赠

把我的一生都放进你的诗里吧。

所有的星座都罗列在天空
所有的玉石都深藏在山中
只是　一切都将成空言
在这黑暗的夜里如果光芒无从显现

请点燃起寻求的火把
列蒂齐亚　我们只有极短极短的刹那
这一生错过的许多章节
在今夜　只能匆匆翻阅

然后　就让火熄灭了吧
我会清楚地记得你的泪水像星光一样
而我的痛苦　一经开采
将是你由此行去那跟随在诗页间的
永不匮乏的　矿脉

1986.6.28

写给海洋 三篇

浪

我把一生的遭遇
在风里
都说给海洋听了

海洋不答
只朝我连绵涌来
令人晕眩的
小小的浪花

信

寄一封信给海洋
不是容易的事

无论向哪个方向投递
夜里的潮声　都会
一次再次
把那些羞涩散乱的句子
重新带回到我的梦里

月夜

让我们
就这样扬帆远去吧
即使是梦　我也愿意
与你一起越过
这悲欢交集的波谷与波峰

请带我走　就像此刻这样
牵着我的手
跟随着月色向前滑行

那远方的海洋啊
波
平
如
镜

1984.11.22

少年

请在每一朵昙花之前驻足
为那芳香暗涌
依依远去的夜晚留步

他们说生命就是周而复始

可是昙花不是　流水不是
少年在每一分秒的绽放与流动中
也从来不是

1986.4.24

雨后

生命　其实也可以是一首诗
如果你能让我慢慢前行
静静盼望　搜寻
怀带着逐渐加深的暮色
经过不可知的泥淖
在暗黑的云层里
终于流下了泪　为所有
错过或者并没有错过的相遇

生命　其实到最后总能成诗
在滂沱的雨后
我的心灵将更为洁净
如果你肯等待
所有飘浮不定的云彩

到了最后　终于都会汇成河流

1984.6.22

. 时光的复仇

生命中所有的犹疑与蹉跎
仿佛都在此刻现身责问
剑气森冷　暮色逼人

四十岁

在举杯之前　总觉得
还想再说一些什么

也许是那次海上的航行
也许是　那好多个夏夜里
我们曾一起仰望过的星群
新醅初酿的时光啊
竟然都已经是　那样遥远
那样闪烁着的年代了吗

面对着岁月摆下的筵席
我们相互微笑殷勤劝酒
仿佛所有蜕下的爱恋与不舍
都收藏在语句的背后

在举杯之前　也许
我们都已经明白　由此前去
再也没有比手中这一杯
更醇更美的酒了

再也没有　比此刻
更该一饮而尽的理由

1985.1.7

无言歌

潮起潮落
一生也可以就这样慢慢度过

可是　你一定也会有想起我的时候吧
当你的船泊进那小小的港
在离我极远极远的北方
当风拂过　日将落未落

你是怎样面对那些已经过去了的　和
还没有来临的痛苦　怎样去面对
所有相似的薄暮

你一定也会有再重新想起我的时候吧
可是　你是怎样
将过往的航线逐一封锁
让音讯断绝　让希望暗暗沉没

只留下一首无言的歌

在荒寂的港口上　随着潮起
随着潮落

1984.9.2

中年的短诗 四则

之一

烟尘滚滚　一路行来
我很可能是迷了路了

不然　自己怎么会
在举手投足里
越来越不像起自己来了

之二

到了四十岁　在灯下
终于也有了个资料柜

却发现　每一段记忆
都是一个无法整理的抽屉

之三

茫然四顾
仿佛　总是一场
赶不上的赶不上的热闹

轮到我上场的时候　总是
灯火阑珊　人群尽散
而我也已经忘了
所有的歌和所有的舞步

茫然四顾

之四

我说　我弃权了好吗
关于真理　真实　以及
在你们口中所热烈传播着的
真相

请容我独自前行

独自相信我那从来没有怀疑过的
极微极弱　极静默的
梦与理想

1984.10.17

突发事件

不要惊动，不要叫醒我所亲爱的，等他自己情愿。
————所罗门王

终于会来不及的了　终于
有很多问题会来不及问
来不及回答　终于
在离去之前
有很多矿苗必须要放弃

让风就这样吹拂过来
让日子就这样含糊地
搪塞过去　让所有急切的
疑惑　都转变成一种
缓慢而又绝望的　美丽

我是决心不再去惊扰的了
不再惊扰你了　我爱
虽然我多希望能够来得及明白
在我们长长的一生里

所有突发的不可控制的事件
它们之间的关系　和那

整个故事的　来龙去脉

1983.3.11

时光的复仇 三篇

山芙蓉

斜阳里　山芙蓉迟迟开放
前来的却是傲然的时光
生命中所有的犹疑与蹉跎
仿佛都在此刻现身责问
剑气森冷　暮色逼人

云雾从花树间流过　群峰静默
我们刚刚绽放的笑容瞬即凋落
看啊　那山径的转角
年少时曾经携手并立的地方
在沉沉下降的浓云里
朝我们迎来的是复仇之神

海边

当海洋与月光　可以
用同样的盛装出场的时候
为什么只有我们不能
那日子是一定会逐渐逼近的
不管你此刻怎样将我拥紧

（在你怀中我是如此柔顺与欢喜，
并且微微喘息。）

我们会怎样地老去呢
我渴望知道又不愿相信
那无法预见的命运
（我喜欢赤足在沙岸上奔跑，
并且在海浪的起伏间欢声惊呼。）

如果所有的声音和动作
都无法重复　我至爱的
我们又如何能优雅地谢幕

当海洋与月光　可以
反复用同样的盛装出场的时候
为什么只有我们不能

"这无法尽兴的一生啊！"
将是我们最后最轻的喟叹
在月明的夜里
如海浪轻轻触及沙岸

骸骨之歌

死
也许并不等于
生命的终极　也许
只是如尺蠖
从这一叶到另一叶的迁移

我所知道的是多么的少啊

骸骨的世界里有没有风呢
有没有一些
在清晨的微光里
还模糊记得的
梦

1985.1.7

. 良夜

风沙来前　我为你
曾经那样深深埋下的线索
风沙过后　为什么
总会有些重要的细节被你遗漏

菖蒲花

我曾经多么希望能够遇见你
但是不可以
在那样荒凉寂静的沙洲上
当天色转暗　风转冷　当我们
所有的思维与动作都逐渐迟钝
那将是怎样的一种黄昏

而此刻菖蒲花还正随意绽放
这里那里到处丛生不已
悍然向周遭的世界
展示她的激情　她那小小的心
从纯白到蓝紫
仿佛在说着我一生向往的故事

请让花的灵魂死在离枝之前
让我　暂时逗留在
时光从爱怜转换到暴虐之间
这样的转换差别极微极细
也因此而极其锋利

尤其是　我曾经
我曾经多么希望能够遇见你

1985.7.14

誓言

我将终生用一种温柔的心情来守口如瓶。

今生已矣　且将
所有无法形容的渴望与企盼
凝聚成一粒孤独的种子
播在来世

让时光逝去最简单的方法
就是让白日与黑夜
反复地出现

让我长成为一株　静默的树
就是在如水的月夜里
也能坚持着　不发一言

1984.11.19

我

我喜欢出发　喜欢离开
喜欢一生中都能有新的梦想
千山万水　随意行去
不管星辰指引的是什么方向

我喜欢停留　喜欢长久
喜欢在园里种下千棵果树
静待冬雷夏雨　春华秋实
喜欢生命里只有单纯的盼望
只有一种安定和缓慢的成长

我喜欢岁月漂洗过后的颜色
喜欢那没有唱出来的歌

我喜欢在夜里写一首长诗
然后再来在这清凉的早上
逐行逐段地检视
慢慢删去

每一个与你有着关联的字

1984.9.2

酒的解释 两章

佳酿

要多少次春日的雨　多少次
旷野的风　多少　空芜的期盼与
等待　才能
幻化而出我今夜在灯下的面容

如果你欢喜　请饮我
一如月色吮饮着潮汐
我原是为你而准备的佳酿
请把我饮尽吧　我是那一杯
波涛微微起伏的海洋

紧密的封闭里才能满贮芳香
琥珀的光泽起因于一种
极深极久的埋藏
举杯的人啊为什么还要迟疑
你不可能无所察觉
请　请把我饮尽吧

我是你想要拥有的一切真实
想要寻求的　一切幻象

我是　你心中
从来没有停息过的那份渴望

新醅

假若　你待我
如一杯失败了的
新醅

让燃烧着的记忆从此冷却
让那光华灿烂的憧憬从此幻灭
我也没有什么好怨恨的

这世间多的是
被弃置的命运　被弃置的心
在酿造的过程里　其实
没有什么是我自己可以把握的
包括温度与湿度
包括幸福

1985.11.4

良夜

在黑色的森林里　终于发现
你竟然是我投奔时唯一的去处

沿着蔓生的蕨类　让我
寻找那在什么地方正轻轻流动着的
泉水
（啊！良夜如此美好。你说：
请来静静憩息在我怀中，
不许流泪也不许吵闹。）

即或今夜的山林是这般漆黑
我依然能感觉到你宽广的胸怀
逐渐靠近　在黑暗里
将我完全覆盖　将我慢慢拥紧
良夜如此美好
在盘生错节的枝柯之外
月色离我只有咫尺之遥

虽说世间一切都有时限

是什么令我舍弃不下
这许多零乱而又阴暗的牵连
良夜如此美好　为什么
总离我有咫尺之遥

那月色是始终都在场的
也在一切的传说里　当然
还有那些蔓生的蕨类
还有那正在我心里什么地方
轻轻流动着的泉水

啊　良夜如此美好
即或总是咫尺天涯
即或总是极短极短的刹那

1985.5.20

历史博物馆

人的一生，也可以像一座博物馆吗？

1

最起初　只有那一轮山月
和极冷极暗记忆里的洞穴

然后你微笑着向我走来
在清凉的早上　浮云散开

既然我该循路前去迎你
请让我们在水草丰美的地方定居
我会学着在甲骨上卜凶吉
并且把爱与信仰　都烧进
有着水纹云纹的彩陶里

那时候　所有的故事
都开始在一条芳香的河边
涉江而过　芙蓉千朵
诗也简单　心也简单

2

雁鸟急飞　季节变易
沿着河流我慢慢向南寻去
曾刻过木质观音浑圆的手
也曾细雕过　一座
隋朝石佛微笑的唇

迸飞的碎粒之后　逐渐呈现
那心中最亲爱与最熟悉的轮廓
在巨大阴冷的石窟里
我是谦卑无怨的工匠
生生世世　反复描摹

3

可是　究竟在哪里有了差错
为什么　在千世的轮回里
我总是与盼望着的时刻擦肩而过
风沙来前　我为你
曾经那样深深埋下的线索
风沙过后　为什么

总会有些重要的细节被你遗漏

归路难求　且在月明的夜里
含泪为你斟上一杯葡萄美酒
然后再急拨琵琶　催你上马
知道再相遇又已是一世
那时候　曾经水草丰美的世界
早已进入神话　只剩下
枯萎的红柳和白杨　万里黄沙

4

去又复返　仿佛
总有潮音在暗夜里呼唤

胸臆间满是不可解的温柔需求
用五色丝线绣不完的春日
越离越远　云层越积越厚
我斑驳的心啊
在传说与传说之间缓缓游走

5

今生重来与你相逢
你在柜外　我已在柜中

隔着一片冰冷的玻璃
我热切地等待着你的来临
在错愕间　你似乎听到一些声音
当然你绝不可能相信

你当然绝不可能相信
这所有的绢　所有的帛
所有的三彩和泥塑
这柜中所有的刻工和雕纹啊
都是我给你的爱　都是
我历经千劫百难不死的灵魂

6

在暮色里你漠然转身渐行渐远
长廊寂寂　诸神静默
我终于成木成石　一如前世

廊外　仍有千朵芙蓉
淡淡地开在水中

浅紫　柔粉
还有那雪样的白
像一幅佚名的宋画
在时光里慢慢点染　慢慢湮开

1984.8.24

. 子夜变歌

尽管　在过去式里
总有些许喟叹
仿佛黑夜里的舟船无法靠岸

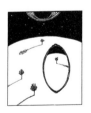

忧思

——写给一个曾经美丽过的海湾

我所害怕的并不是这时日的减少
生命该遵守的规则我很早就知道

可是　所有的忧思仍然不请自来
当我将秋日的窗户慢慢推开
（他们在怎样毁坏着我的世界呢？）

依旧是晴朗的天空
风声却与昨夜的有些不同
林间的树叶已逐渐枯干
河水静静流过
到远山的身旁才开始转弯

我知道我的心中有些纷乱有些激动
想去探索那真正的疼痛
（他们为什么要急着毁灭
这样美丽的世界？）
在微凉的风里　我做的只是无用的努力
远处等待着的是一种必然的结局

惊呼　坠泪　都于事无补
他们用垃圾与怪手窒杀了每一块净土
生活至此　再无新事
所有的山峦　所有的海湾
都将在星空俯视之下急速消失

童稚时对人类的信心已是神话
殷勤种下的盼望将永不开花
还有我那单纯的爱恋　还有
（还有我孩子的幼年呢？
以及将来他们的孩子无辜的容颜。）

1985.10.30

自传
——垦丁·龙坑印象

心中的欲望
是那不断哭号着扑打上来的浪

却也总有一种坚持迎风屹立
如沉默巨大黑色的巉岩　不肯退让

我只好用整个胸膛来做遇合的海洋

等待着　刺痛而又缓慢的侵蚀
等待着　将一切记录成
昨日

1985.10.12

见证

——记社顶珊瑚礁

所有的故事　都可以
换作另外一种语言
沧海　都可以　换作桑田

此刻在风里云里的山峦草木
都将会
再重新沉入水底　重新
做深海里发光的珊瑚

那么　今天的我
为什么还坚持一定要知道
关于今夜　到底是有雨
还是有雾

1986.9.29

子夜变歌

人传欢负情，我自未尝见。
三更开门去，始知子夜变。

——古乐府

终于明白所有的盼望与希冀
不过是一场寂寂散去的夜戏
此刻再来向你描述
我如何自疼痛的苏醒里成长
想必也是多余

当然　在最后　可以把一切
都归罪给我那轻信的心
还有那整个天空的灼灼星群
他们不该也陪我等待
并且如我一样确信你会前来

如我一样逐渐迟疑逐渐萎谢
才惊觉朝雾掩涌时光移换
所谓幸福啊

早已悄然裂成片段

从此去精致与华美都是浪费
这园中爱的盛筵将永不重回
料峭的风里　只剩下
一袭被泪水漂白洗净的衣裳
紧紧裹住我赤裸炽热的悲伤

只想把这段没有结局的故事
写成一首没有结局的诗
烦劳星群再去转告
那千年之后随我脚步的女子
诗里深藏着的低回与爱
在芬芳的夏夜里啊

只有她们只有她们才能明白

1984.2.29

附记： 近日在灯下细读《乐府》，南朝数十首《子夜歌》里，原
来颇有几首是在十几岁时就开始铭记在心的。

那时候上虞君质老师《艺术概论》的课写读书报告，我选
的题目是《古诗十九首》，煞有介事地在书里翻来翻去。
家住在山上，有一条长长的两旁种满了尤加利树的山路，
早上有雾，晚上有月影，所有的诗句都是在上学下学的路
上轻轻背诵，轻轻记起来的。

重读之际，恍如与旧日时光重新相见，不禁微笑轻轻落泪。

尾声

现在　我们终于能骄傲地俯首谢幕
为了今夜这一句也没说错的台词
为了今生
这一步也没走差的演出

让我们在心中为彼此暗暗喝彩
啊　鼓掌吧

为这人无懈可击的演技
为那人无限冷静的胸怀
当台上台下
流着一样疯狂与热烈的泪水
这长长的一生啊　为什么总是会有
令人无法置信的情节
来时如泉涌　去似潮退

当剧本结束　我的列蒂齐亚
就让各人静静离去　并且
千万不要再来探询今后的归宿

趁灯光未灭　掌声未歇
让我与你携手再向这世界微笑
缓缓俯首　让幸福在我们的掌握里
再作些许　些许的　停留

1984.7.5

一千零一夜

开始的时候并没有想到会是这样
不过　到了最后　一千个女人
只好微笑地假装满足于一千只镯子

在反过来忽然推翻一切的那一夜
总是同样的故事
（最后，他说："戴着吧，这样可以常常想起
我。"）

果然就是这样
在长长的午后她戴着镯子穿过寂寞的城市
而城里一千个女人想着
同样的开始和结局　下了一些雨
她把手微微举起整理湿润的头发

暮色里　美丽的独一无二的镯子
就在一千个女人的腕上微微闪耀

1986.1.7

雨季

那么　大概只有这样了
在你厌倦之前　让我小心地
把一切的词句都换成过去式

当然　在文法上我绝对不会再错
并且绝对不去　触及
一切有关盼望的字眼或者盟约
我会小心地避过泥泞
避过生命中所有无法提及的时刻

我想　大概只能这样了
尽管在过去式里总有些许喟叹
仿佛黑夜里的舟船无法靠岸
这绵延不断的春雨　终于会变成
我心中一切温润而又阴冷的记忆

我想　大概就是这样了
幸福与遗憾原是一体的两面
你曾经那样那样爱恋过我

在你开始厌倦之前

1985.2.28

. 在黑暗的河流上

在黑暗的河流上
被你所遗落了的一切
终于　只能成为
星空下被多少人静静传诵着的
你的昔日　我的昨夜

沙堡

到了最后　黑暗的浪潮
总是会吞蚀尽我的每一种期待
每一个梦想
故事一旦开始　再怎样曲折
也只是在逐步走近结束的方向

我当然明白
所有美丽的呈现只是为了消失
所有令我颤抖与焚烧的相见啊
只是为了分别
可是　你不能禁止我在这海边
用我仅有的时间来不断
营造或者重温每一部分的细节

当海洋逐渐升高
迷航的船舶终于都在远方沉没
我当然明白　今夜之后
我为你而留下的痕迹
不会比一座沙堡更多

1986.5.18

美酒

终于厌倦了这种
把灵魂　一层又一层
包装起来的世界

我要回去了　列蒂齐亚

下决心不再对生命提出
任何的要求
什么也不带走

只留下孤独
作为我款待自己
最后的那一杯　美酒

1985.9.6

雨中的山林

云雾已逐渐掩进林中
此去的长路上　雨润烟浓
所有属于我的都将一去不还
只留下　在回首时

这满山深深浅浅的悲欢

1983.5.29

沧桑之后

沧桑之后　　也许会有这样的回顾
当你独自行走在人生的中途

一切波涛都已被引进呆滞的河道
山林变易　　星光逐渐熄灭
只留下完全黑暗的天空
而我也被变造成
与起始向你飞奔而来的那一个生命
全然不同

你流泪恍然于时日的递减　　恍然于
无论怎样天真狂野的心
也终于会在缰绳之间裂成碎片

沧桑之后　　也许会有这样的回顾
请别再去追溯是谁先开始向命运屈服
我只求你　　在那一刻里静静站立
在黑暗中把我重新想起

想我曾经怎样狂喜地向你飞奔而来
带着我所有的盼望所有的依赖　还有那
生命中最早最早饱满如小白马般的快乐
还有那失落了的山峦与草原　那一夜
桐花初放　繁星满天

1986.1.12

忠告

因为那时时在变换着的
目标与方向
每一个人　都只好
将自己化作动荡的海洋

不断上升　再
不断下降
每一寸的潮汐
是每一分每一秒无所适从的
汹涌和压抑

亲爱的朋友　当你读我
在阴霾的海面上
请不要只注意波浪缓缓的秩序
请再仔细揣想
那在极深极深的海底逐渐凝聚
一直不曾显露的
狂乱的忧伤

1986.9.29

幕落的原因

在掌声最热烈的时候
舞者悠然而止

在似乎最不该结束的时候
我决定谢幕　也许
也许有些什么可以留在
那光灿和丰美的顶端了

如果我能以背影
遗弃了观众　在他们终于
遗弃了我之前

我需要有足够的智慧
来决定
幕落的时间

1984.11.19

在黑暗的河流上

——读《越人歌》之后

灯火灿烂　是怎样美丽的夜晚
你微笑前来缓缓指引我渡向彼岸
　（今夕何夕兮　中搴洲流
　今日何日兮　得与王子同舟）

那满涨的潮汐
是我胸怀中满涨起来的爱意
怎样美丽而又慌乱的夜晚啊
请原谅我不得不用歌声
向俯视着我的星空轻轻呼唤

星群聚集的天空　总不如
坐在船首的你光华夺目
我几乎要错认也可以拥有靠近的幸福
从卑微的角落远远仰望
水波荡漾　无人能解我的悲伤
　（蒙羞被好兮　不訾羞耻
　心几烦而不绝兮　得知王子）

所有的生命在陷身之前
不是不知道应该闪避应该逃离
可是在这样美丽的夜晚里啊
藏着一种渴望却绝不容许

只求　只求能得到你目光流转处
一瞬间的爱怜　从心到肌肤
我是飞蛾奔向炙热的火焰
燃烧之后　必成灰烬
但是如果不肯燃烧　往后
我又能剩下些什么呢　除了一颗
逐渐粗糙　逐渐碎裂
逐渐在尘埃中失去了光泽的心

我于是扑向烈火
扑向命运在暗处布下的诱惑
用我清越的歌　用我真挚的诗
用一个自小温顺羞怯的女子
一生中所能
为你准备的极致

在传说里他们喜欢加上美满的结局
只有我才知道　隔着雾湿的芦苇
我是怎样目送着你渐渐远去
（山有木兮木有枝　心悦君兮君不知）

当灯火逐盏熄灭　歌声停歇
在黑暗的河流上被你所遗落了的一切
终于　只能成为
星空下被多少人静静传诵着的
你的昔日　我的昨夜

1986.6.11

附记：《越人歌》相传是中国第一首译诗。鄂君子晳泛舟河中，
　　　打桨的越女爱慕他，用越语唱了一首歌，鄂君请人用楚语
　　　译出，就是这一首美丽的情诗。有人说鄂君在听懂了这首
　　　歌，明白了越女的心之后，就微笑着把她带回去了。
　　　但是，在黑暗的河流上，我们所知道的结局不是这样。

100

夏夜的传说

在夏天的夜晚　也许
还会有生命重新前来
和我们此刻一样　静静聆听
那从星空中传来的
极轻极遥远的　回音

夏夜的传说

—— 一沙一界·一尘一劫

序曲

如果有人一定要追问我结果如何
我恐怕就无法回答
所有的故事
我只知道那非常华丽的开始
充满了震慑和喜悦
充满了美　充满了浪费
每一个开端都充满了憧憬
并且易于承诺　易于相信

但是　如果有人一定要追问我
最后的结果到底如何
我只能俯首不答　转回到我的灯下
在书页间翻寻追索
静静编织出　一章又一章有关于
夏夜的　传说

本事

据说　宇宙开始于一次爆裂
所有的生命

起因于一场不顾一切的毁灭
从热渴　窒闷　极度不安的心中
如霹雳般迸发溅射而出的
是那囚禁了千亿年的渴望

散开　然后不断膨胀
自我的距离在星团之间逐渐拉长
当寂寞与乡愁要用光年来换算
才发现
从此永远无法回转
星云空茫　开始重新寻觅
重新摸索　重新去
追逐那隐隐约约在呼唤着的方向

散开　然后逐渐冷却
然后习惯于孤独
在漂泊的行程里慢慢忘记了来处
穹苍万里　充满了
要传达而终于不可传达的讯息
（匍匐于泥泞之间
我依然要问你　为什么
为什么时光它永远立于不败之地）

木星　金星　开始命名
虽然海王星和冥王星还那样遥远得
令人心惊
但是所有的故事都开始酝酿
宇宙浩瀚　而时光如许悠长
在银河漩涡的触手间　据说
要用五十亿年
才能等到太阳的光芒
巨大的星云里　要怎样孕育
才能等到一场相遇　一种秩序
（匍匐于泥泞之间
我含泪问你
那样的夜晚去了哪里
为什么所有的开端都热烈慌乱
一如夏夜的星空　无限灿烂）

最初　地球只是一团烈火
无所适从也无所依靠
在暗黑的天空中独自燃烧
炽热明亮的母体　可望而不可即
在每一转首回身的地方

是那从此无法靠近
又无法远离的太阳光芒
是每一篇神话传说中的眷恋情节
是我们因此而不断
重复循环着的季节和日夜

日夜循环
在辗转反侧间试着将岁月慢慢沉淀
所有不肯妥协的爱与恨
以及日渐沉重的思想和欲望
只好以熔岩的形象　沸滚翻腾
不断喷涌　囚禁在高温的心中
而在脆弱的表层
水汽弥漫　云雾滋生
有朝露有夜雾不断前来　轻轻环绕
轻轻覆盖
仿佛有些忧伤可以忘记
有些错误可以原谅　在日与夜的
交替间
有些梦想　可以重新开始盼望

（爱　原来是没有名字的

在相遇之前　等待就是它的名字
而一切的起始却是不经心的
就像天地初开　原来也没有
什么一定要遵照的形象　就
如平漠上千株白杨　原来也
只是一次不经心的插枝　如
果不是那偶然的顾盼　我们
原来可以终生终生永不相识

在雷电交会的刹那
为什么一定要是你　从我身后
静静走来
走进我心中央）

天空中不断有星球爆裂
不断有美梦从此殒落幻灭
但是　在我们的世界里
帷幕刚刚升起　戏正上演
我们的心愿仍然要逐一完成
在一切的来临与消逝之间

戏正上演

我们一定要等待与盼望
坚持要依次出场　凝神准备
随时欢呼　落泪　或者鼓掌
太阳系里所有行星都进入位置
我们的故事刚刚开始　戏正上演
而星光闪烁　时空无限

（匍匐于泥泞之间
我含泪问你
一生中到底能有几次的相遇
想但丁初见贝德丽采
并不知道她从此是他诗中
千年的话题　并不知道
从此只能遥遥相望
隔着幽暗的地狱也隔着天堂）

黎明前的黑暗总是永无止尽
犹疑而又缓慢　地球不断旋转
要经过无数次的循环　才能有
三叶虫的出现

然后当曙光初露　恐龙已经遍布

时光逐渐增加了流动的速度
在苏铁　银杏和蕨类之间
第一棵开花的植物终于出现
那是白垩纪　那是一亿年前
那时候　气候温暖
暴龙爬行在开满了花的原野上
鱼龙游过海洋　而翼龙在天

我们从不怀疑
永远遵循着一种生长的秩序
知道路途迢遥
知道要从清晨等到傍晚
到暮色四合　到恐龙绝迹
在宇宙无垠的舞台上
我们人类才能登场

终于登场　却发现
时光疾如飞矢　戏刚上演
而暮色已经沉沉下降

（爱　原来并没有专属的面容
然而你来到我身边竟然一如梦中

你轻携我手带我走过无人的
山径　风声细碎拂过莲叶拂
向密集的丛林　夏夜里我知
道有一种苏醒有一种融化已
经来临　有一种无法控制的
婉转流动　已经开始在我的
心中在冰河之下　缓缓前行

爱　原来并没有专属的夜晚
然而你来到我身边　星光如此灿烂）

整个夏天的夜晚　星空无限灿烂
特洛伊城惜别了海伦
深海的珍珠悬在她耳垂之上有如泪滴
庞贝城里十六岁的女子
在发间细细插上鲜花
就在镜前　就在一瞬间
灰飞烟灭了千年堆砌而成的繁华

在遥远的埃及
有那么多固执的法老

坚持要装饰自己的墓穴
坚持说
自己不是死去　只是与人世暂时离别

整个夏天的夜晚　星空无限灿烂
一样的剧本不断重复变换
与时光相对
美　仿佛永远是一种浪费
而生命里能够真正得到的
好像也不过
就只是这一场可以尽心装扮的机会

在得与失之间我们从来无所取舍
在一切的传说里
我们从来没能知道
那被时光它谨慎收藏的秘密
星空中有深不可测的黑洞
吞食尽周遭所有的生命　并且
使空间变形
岁月里也有着黑暗的角落
逐日逐夜
在吞食着我们曾经那样渴望

并且相信会拥有的　幸福与快乐

（忧思的神祇总是在静夜里前来
向我默默追索
一切只有在这样的时刻里
才会重新想起的
曾经发生过的　犹疑与蹉跎

我的神祇总是在中夜前来
默然端坐　俯首依依审视着我

极远处的月光
也正在审视着海洋
而那暗流汹涌的海啊　不得不
把所有的悲喜
都反映成银白镶着清辉的浪）

忧伤的来源其实起于丰盈之后的
那种空芜
对生命　对内里的激情
我们从来没有人能够真正知足
在每一回首处

总有我们曾经计划
却不曾结果不曾生长不曾栽植的树

总有些
不能忘记又不能不放弃的心愿
总有些　不忍不舍
又不肯去触犯的界限
期待中的节日因此仿佛从未来临
排练好的角色　也因此
从来不能按照原来的计划上演

星空中存在着
无数还没能发现的黑洞
行走在人群之中
我们的热血慢慢流空
逐渐开始怀疑起　今日与昨日
自己真正的面容

（匍匐于泥泞之间
我依然要问你
那样的夜晚去了哪里）
为什么天空中不断有流星划过

然后殒灭　为什么
一朵昙花只能在夏夜
静静绽放然后凋谢

匍匐于泥泞之间
我含泪问你　为什么
为什么时光它永远立于不败之地
为什么我们要不断前来　然后退下
为什么只有它可以
浪掷着一切的美　一切的爱
一切对我们曾经是那样珍贵难求的
温柔的记忆

匍匐于泥泞之间
我含泪问你
到了最后的最后　是不是
不会留下任何的痕迹
不能传达任何的
讯息　我们的世界逐渐冷却
然后熄灭
而时空依然无限　星云连绵

如果露珠是草木的虚荣

星球是宇宙的炫耀

那么

我们在日落之后才开始的种种遭逢

会不会

只是时光它唇边一句短短的诗

一抹不易察觉的　微笑

回声

如果有人一定要追问我结果如何

我恐怕就无法回答

我只知道

所有的线索　也许就此断落

也许还会

在星座与星座之间伸延漂泊

在夏天的夜晚　也许

还会有生命重新前来

和我们此刻一样　静静聆听

那从星空中传来的
极轻极遥远的　回音

1986.9.14

· 附录

愿望
——后记

一直在努力做个循规蹈矩的人。

一直在努力做个不愿意循规蹈矩的人。

这就是我全部的生活。

从十四岁起立志要成为"画家",快三十年来,我循规蹈矩地走在这条路上。漂洋过海,接受了全部的学院教育,不断地学习,不断地创作,不断地扬弃从前的自己,到现在本身也已在美术科系里教了许多年,心里仍然是那一个念头:

"我应该可以画得更好!"

而我当然明白,这是一场漫长和艰难的争战。画了许多年的油画,去看别人的展览的时候,这种感觉越来越清楚了。

有时候,一走进画展会场就想马上退出去,知道来错了。有时候一面浏览一面心情逐渐下沉,在和画家寒暄道别的时刻，竟然会混杂着一种悲悯的感觉，好像眼看着他一直站在门外，知道任凭他再怎样努力这一生也永远不可能踏进门里。

当然，也有那样的时候，站在会场里，心中又惊又怒，对墙上的作品既羡且妒，真不明白这个画家怎么会有那么多时间来用功？怎么可以那样专心，把每一张作品都处理得那样好，那样精彩？

更有一种时刻，是生命里一种战栗痛苦的经验。站在画前，完全不能动弹，画家仿佛正透过他画上的光影向我默默俯视，那眼神中充满着了解与悲悯，知道我明白在我们之间隔着遥不可及的距离，知道我很明白，在我的一生里永远永远也创作不出可以和他的作品相比的东西。

艺术在表面上看起来好像来者不拒，非常和善宽容，其实在内里是个极端冷酷残忍的世界啊！

所以我一直不敢自称诗人，也一直不敢把写诗当作我的正业，因为我明白自己有限的能力。

在写诗的时候，我只想做一个不卑不亢，不争不夺，不必要给自己急着定位的自由人。

我几乎可以做到了。那是要感谢每一位喜欢我的朋友，包括那在很远很远的灯光下翻读着我的诗集的每一位读者，是的，包括你。

因为你只是单纯地喜欢着我，读着我，从来没有给我任何的压力。

因为，就如你所知道的，我不过只是写了几首简单的诗，刚好说出了生命里一些简单的现象罢了。因为简单，所以容易亲近，仿佛就刚好是你自己心里的声音。

对我来说，能够这样单纯地从诗篇里得到这许多朋友，得到这许多共鸣的心，实在是一种难得的无法强求的经验，我很明白，所以更加感激。

我也知道，朋友所以会喜欢我，就是因为我在这一方面从来没有强求过。我当然还是在慢慢往前走，当然还是在逐渐改变，但是那是顺着岁月，顺着季节，顺着我自己心里的秩序。

今夜，《时光九篇》终于定稿了，离我在初中的日记本上写下第一首诗的那一夜，真是隔了许多许多年了。回顾生命中的河流，已经不知道有了多少次的转折。但是每当一首诗慢慢地从酝酿到完成，年轻时所感受过的那种安静和透明的感觉就好像还在那里，好像有一朵荷，在清清水满的塘边，在一切江河的源头之上微笑注视着我。

而那也许才是我心中真正的愿望。

一九八六年秋天于台北

长路迢遥
——新版后记

一

九月初，去了一趟花莲。

出门之前，圆神出版社送来了《时光九篇》和《边缘光影》新版的初校稿，希望我能在九月中旬出发去蒙古高原之前做完二校。虽然离出版的时间还早，可是我喜欢出版社这样认真和谨慎的态度，就把这两本书稿都放进背包里，准备在火车上先来看第一遍。

从台北到花莲，车程有三个钟头，不是假日，乘客不多，车厢里很安静，真的很适合做功课。所以，车过松山站不久，我就把《时光九篇》厚厚一沓的校样拿了出来摆在眼前，开始一页页地翻读下去。

《时光九篇》原是尔雅版，初版于一九八七年的一月。其中的诗大多是写于一九八三到一九八六年间，与此刻相距已经有二十年了。

二十年的时光，足够让此刻的我成为一个旁观者，

122

更何况近几年来我很少翻开这本诗集，所以，如今细细读来，不由得会生出一种陌生而又新鲜的感觉。

火车一直往前行进，窗外的景色不断往后退去，我时而凝神校对，时而游目四顾，进度很缓慢。

当我校对到《历史博物馆》那首诗之时，火车已经行走在东部的海岸上，应该是快到南澳了，窗外一边是大山，一边是大海，那气势真是慑人心魂。美，确实是让人分心的，我校对的工作因而进展更加缓慢。

然后，就来到诗中的这一段——

　　　　归路难求　且在月明的夜里
　　　　含泪为你斟上一杯葡萄美酒
　　　　然后再急拨琵琶　催你上马
　　　　知道再相遇又已是一世
　　　　那时候　曾经水草丰美的世界
　　　　早已进入神话　只剩下
　　　　枯萎的红柳和白杨　万里黄沙

读到这里，忽然感觉到就在此刻，就在眼前，时光是如何在诗里诗外叠印起来，不禁在心中暗暗惊呼。

车窗外，是台湾最美丽的东海岸，我对美的认识、观察与描摹是从这里才有了丰盈的开始的。

就在这些大山的深处，有许多细秀清凉的草坡，有许多我曾经采摘过的百合花，曾经认真描绘过的峡谷和溪流，有我的如流星始奔，蜡炬初燃的青春啊！

在往后的二十年间，在创作上，无论是绘画还是诗文都不曾停顿，不过，在我写出《历史博物馆》这首诗的时候，虽已是一九八四年的八月，却还不识蒙古高原，也未曾见过一丛红柳，一棵白杨，更别说那万里的黄沙了。

谁能料想到呢？在又过了二十年之后，重来校对这首诗的我，却已经在蒙古高原上行走了十几年了，甚至还往更西去了新疆，往更北去了西伯利亚的南部，见过了多少高山大川，多少水草丰美的世界，更不知出入过多少次的戈壁与大漠！

是的，如果此刻有人向我问起红柳、白杨与黄沙，我心中会争先恐后地显现出多少已然枯萎或是正在盛放色泽嫩红的柔细花穗，多少悲风萧萧或是枝繁叶茂在古道边矗立的白杨树，以及在日出月落之间，不断变幻着光影的万里又万里的黄沙啊！

我是多么幸运，在创作的长路上，就像好友陈丹燕所说的"能够遇见溪流又遇见大海"，在时光中涵泳的生命，能够与这许多美丽的时刻在一首又一首的诗篇中互相叠印起来。

在两个二十年之后，在一列行驶着的火车车厢之中，我从诗中回望，只觉得前尘如梦，光影杂沓，那些原本是真实生命所留下的深深浅浅的足迹，却终于成为连自己也难以置信的美丽遭逢了。

二

当然，在时光中涵泳的生命，也并非仅只是我在眼前所能察觉的一切而已。我相信，关于诗，关于创作，一定还有许多泉源藏在我所无法知晓之处。

这十几年来，我如着迷般地在蒙古高原上行走，在游牧文化中行走，虽然每次并没有预定的方向，却常会有惊喜的发现。

譬如前几年，在内蒙古呼和浩特市举行的首届"腾格里金杯蒙文诗歌朗诵比赛"决赛现场，全场的听众里，我是那极少数不通母语的来宾之一，可是，却也和大家一样跟着诗人的朗诵而情绪起伏，如痴如醉，只因为蒙古文字在诗中化为极精彩的音韵之间的交错与交响，唤起了我心中全部的渴望。

原来，我对声音的追求是从这里来的！

这么多年来，虽然在诗里只能使用单音节的汉字，可是我对那字音与字音之间的跳跃与呼应，以及长句与长句之间的起伏和绵延，总是特别感兴趣。在书写之时，无论是自知或是不自知的选择，原来竟然都是从血脉里延伸下来的。

而这个世界，还藏有许多美丽的秘密！

就在这个十月，我身在巴丹吉林沙漠，有如参加一场"感觉"的盛宴，才知道自己从前对"沙漠"的认识还是太少了。

巴丹吉林沙漠在内蒙古阿拉善盟右旗境内，面积有四万七千平方公里。在这样广大的沙漠中，横亘着一座又一座连绵又高崇的沙山沙岭，却也深藏着一百几十处湛蓝的湖泊。有的明明是咸水湖，湖心却有涌泉，裸露在湖面上的岩石里有大大小小的泉眼，从其中喷涌而出的，是纯净甘甜的淡水，湖旁因而有时也丛生着芦苇。清晨无风之时，那如镜的湖面，会将沙山上最细微的折痕也一一显现，天的颜色是真正的宝石蓝，蓝得令人诧异。

原来，这在我们从前根深蒂固的概念中所认定的一种荒凉与绝望的存在，竟然也可能会有完全不同的面貌，充满了欣欣向荣的生命。

如果不是置身于其中，我如何能够相信眼前的一切也都属于沙漠？在沙谷之中隐藏着湖水，在沙坡之上铺满了植被，生长着沙蒿、沙米，还有金黄色的圆绒状的小花，牧民给它起了一个非常具象的名字——"七十颗纽扣"……

这个世界，还藏有多少我们不曾发现又难以置信的美丽？

夜里，星空灿烂，宽阔的银河横过中天，仰望之时，仿佛从前背负着的枷锁纷纷卸落，心中不禁充满了感激。

还需要什么解释呢？我在星空下自问。

且罢！上苍既然愿意引领我到了这里，一定有它的深意。长路何其迢遥！我且将所有的桎梏卸下，将那总是在追索着的脚步放慢，将那时时处于戒慎恐惧的灵魂放松，珍惜这当时当刻，好好来领受如此丰厚的恩宠吧。

三

回到台北，满心欢喜地准备迎接一套六册精装诗集的完整展现。

《时光九篇》书成之后十二年，才有《边缘光影》的结集，原来都属尔雅，要谢谢隐地先生的成全，才得以在今天进入圆神系列。

更要谢谢简志忠先生的用心，让我的六本诗集在五年之间陆续以新版精装的面貌出现。

《迷途诗册》也将从二十五开本改成三十二开本，也算是新版。

要谢谢这两位好友之外，更要谢谢每一位在创作的长路上带领我和鼓励我的朋友，长路虽然迢遥，能与你们同行，是何等的欢喜！何等的幸福！

我是极为感激的。

二〇〇五年十一月九日写于淡水

127

席慕蓉书目

诗　集

1981.7　七里香　大地
1983.2　无怨的青春　大地
1987.1　时光九篇　尔雅
1999.4　边缘光影　尔雅
2000.3　七里香　圆神
2000.3　无怨的青春　圆神
2002.7　迷途诗册　圆神
2005.3　我折叠着我的爱　圆神
2006.1　时光九篇　圆神
2006.4　边缘光影　圆神
2006.4　迷途诗册（新版）　圆神

诗　选

1990.2　水与石的对话　太鲁阁国家公园

1992.2	席慕蓉诗选（蒙文版） 内蒙古人民
1992.6	河流之歌 东华
1994.2	河流之歌 北京三联
1997.6	时间草原 上海文艺
2000.5	世纪诗选 尔雅
2001	Across the Darkness of the River（张淑丽英译） GREEN INTEGER
2002.1	梦中戈壁（蒙汉对照） 北京民族
2003.9	在黑暗的河流上 南海
2009.2	契丹的玫瑰（日文诗集·池上贞子译） 日本东京思潮社

画 册

1979.7	画诗（素描与诗） 皇冠
1987.5	山水（油画） 敦煌艺术中心
1991.7	花季（油画） 清韵艺术中心
1992.6	涉江采芙蓉（油画） 清韵艺术中心
1997.11	一日一生（油画与诗） 敦煌艺术中心
2002.12	席慕蓉（40年回顾） 圆神

散文集

1982.3	成长的痕迹 尔雅
1982.3	画出心中的彩虹 尔雅
1983.10	有一首歌 洪范
1985.3	同心集 九歌
1985.10	写给幸福 尔雅
1989.1	信物 圆神
1989.3	写生者 大雁
1990.7	我的家在高原上 圆神
1991.5	江山有待 洪范

美术论述

1975.8　心灵的探索　自印
1982.12　雷射艺术导论　雷射推广协会

传　记

2004.11　彩墨·千山　马白水　雄狮

编　选

1990.7　远处的星光——蒙古现代诗选　圆神
2003.3　九一年散文集　九歌

摄　影

2006.8　席慕蓉和她的内蒙古　上海文艺

附注：《三弦》与张晓风、爱亚合著。《同心集》与刘海北合著。《在那遥远的地方》摄影林东生。《我的家在高原上》摄影王行恭。《水与石的对话》与蒋勋合著，摄影安世中。《走马》摄影与白龙合作。《诺恩吉雅》摄影与白龙、护和、东哈达、孟和那顺合作。《我的家在高原上》（新版）摄影与林东生、王行恭、白龙、护和、毛传凯合作。

图书在版编目（CIP）数据

时光九篇 / 席慕蓉 著. -- 北京 ：作家出版社，2016.9
（2018.1重印）
（席慕蓉诗集）
ISBN 978-7-5063-9080-4

Ⅰ.①时… Ⅱ.①席… Ⅲ.①诗集－中国－当代
Ⅳ.①I227

中国版本图书馆CIP数据核字（2016）第181445号

版权所有©席慕蓉

本书版权经由圆神出版社授权作家出版社出版简体中文版
非经书面同意，不得以任何形式任意重制、转载。

时光九篇

作　　者：席慕蓉
出　　品：语可书坊
策　　划：张亚丽
责任编辑：秦　悦
特约编辑：裴　岚　季　冉
装帧设计：于文妍
出版发行：作家出版社
社　　址：北京农展馆南里10号　　邮　　编：100125
电话传真：86-10-65930756（出版发行部）
　　　　　86-10-65004079（总编室）
　　　　　86-10-65015116（邮购部）
E-mail:zuojia@zuojia.net.cn
http://www.haozuojia.com（作家在线）
印　　刷：北京中科印刷有限公司
成品尺寸：125×188
字　　数：150千
印　　张：4.625
版　　次：2016年9月第1版
印　　次：2018年1月第3次印刷
ISBN 978-7-5063-9080-4
定　　价：39.80元

作家版图书，版权所有，侵权必究。
作家版图书，印装错误可随时退换。